DIE TÖCHTER DER GÖTTIN

Text: BOSSE Zeichnung: MICHETZ

CARLSEN VERLAG

CARLSEN COMICS
Lektorat: Uta Schmid-Burgk, Andreas C. Knigge, Marcel Le Comte
1. Auflage Februar 1995
© Carlsen Verlag GmbH · Hamburg 1995
Aus dem Französischen von Helmut Mennicken
PAR-DELA LES CENDRES
Copyright © 1994 by Michetz/Bosse and Editions Dupuis, Charleroi
Redaktion: Andreas C. Knigge
Lettering: Michael Hau
Druck und buchbinderische Verarbeitung:
Stiewe GmbH Berlin
Alle deutschen Rechte vorbehalten
ISBN 3-551-01795-6
Printed in Germany

KÄLTER ALS DER SCHNEE
DER WINTERMOND
AUF DEN WEISSEN HAAREN
JÔSÔ

DIE TÖCHTER DER GÖTTIN

HAB KEINE ANGST, MÄDCHEN...!

BETRACHTE MICH ALS DEINE MUTTER... ALS DEINE WIEDERGEFUNDENE MUTTER! FÜRCHTE DICH NICHT, DU BRAUCHST KEINE ANGST ZU HABEN...

VON NUN AN ZIEMT ES SICH NICHT MEHR, DEN KOPF GESENKT ZU HALTEN!

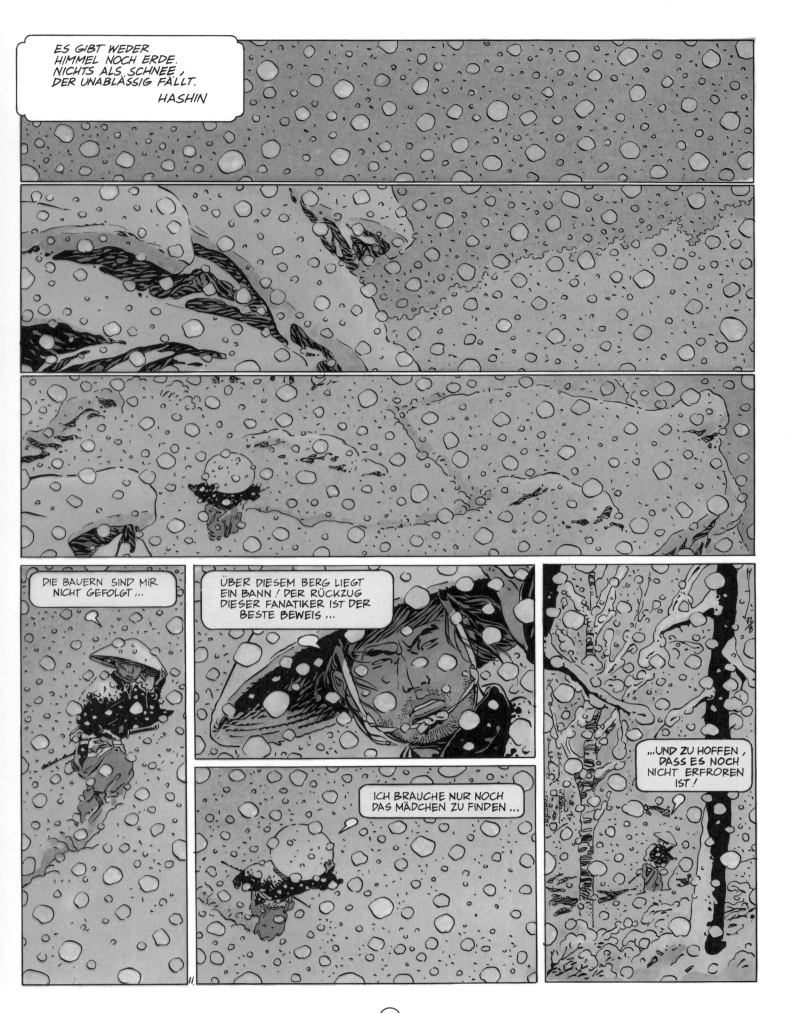

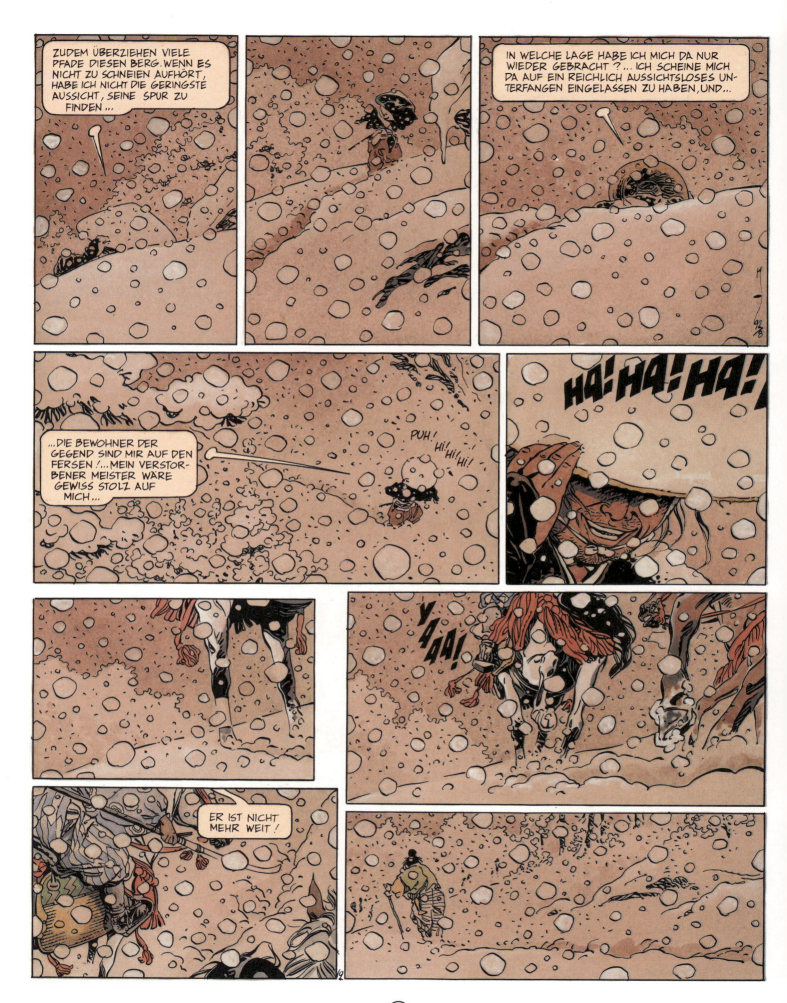

HÖRT, SAMURAI... DAS SIND DIE SCHREIE DER TENGUS BEI DER JAGD!

ABER... WAS HABT IHR VOR...?

DAS KAM GANZ AUS DER NÄHE! ICH SEH MAL NACH!

OH, LIEBER NICHT... GEHT NICHT HIN, EDLER SAMURAI! SIE WERDEN EUCH DEN KOPF ABREISSEN...!

ANDERE HABEN ES VOR EUCH VERSUCHT! GEBT AUF...!

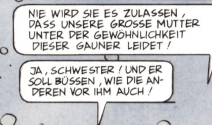

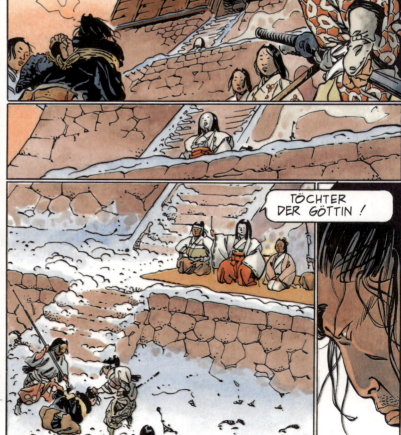

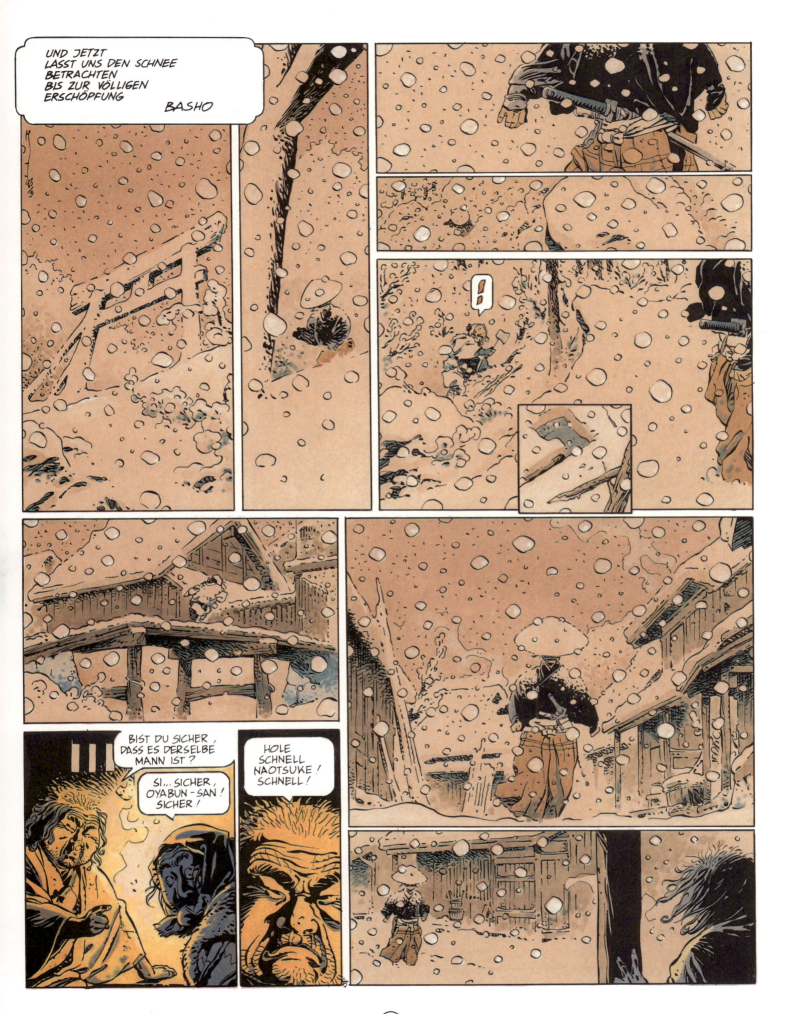

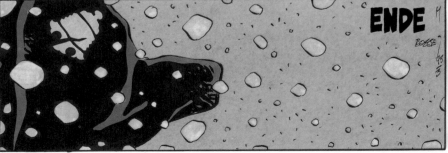